PRINCE ZIG ZAG

Tedd Arnold

Texte français d'Isabelle Allard

SCHOLASTIC

Au prince Garrett et au prince Caleb

Catalogage avant publication de Bibliothèque et Archives Canada
Arnold, Tedd
[Prince Fly Guy. Français]
Prince Zig Zag / Tedd Arnold ; texte français d'Isabelle
Allard.
Traduction de: Prince Fly Guy.
ISBN 978-1-4431-6587-7 (couverture souple)
I. Titre. II. Titre : Prince Fly Guy. Français
PZ23.A754Pri 2018   j813'.54   C2017-906651-X

Édition publiée par les Éditions Scholastic, 604, rue King Ouest, Toronto (Ontario) M5V 1E1

5 4 3 2 1   Imprimé au Canada 119   18 19 20 21 22

Conception graphique de Steve Ponzo

Ce garçon a un animal
de compagnie.
C'est une mouche
nommée Zig Zag.
Elle peut appeler le garçon
par son nom :

BIZZ!

Chapitre 1

Un soir, Biz dit à Zig Zag : « J'ai un devoir à faire : il faut que j'écrive un conte de fées. Peux-tu m'aider?

Bon. Que dis-tu de ça?
Il était une fois...

ZZZOUI...

Il était une fois un vilain troll...

Tu n'aimes pas ça?
Préfères-tu un gardien
de cochons?

Non? Un beau prince, alors?

D'accord. Donc, le beau prince marche jusqu'à un château lugubre.

Au lieu de marcher, pourrait-il y aller à cheval?

Non, je sais! Il vole jusqu'au château!

Chapitre 2

Dans le château, continue Biz, le beau prince mange du gruau froid.

Et s'il embrassait
une grenouille?

Je sais! Il sauve une jolie princesse.

Mais un géant vit
dans le château.

Chapitre 3

Le géant pourchasse
le beau prince et la
jolie princesse.

Il les plaque par terre.

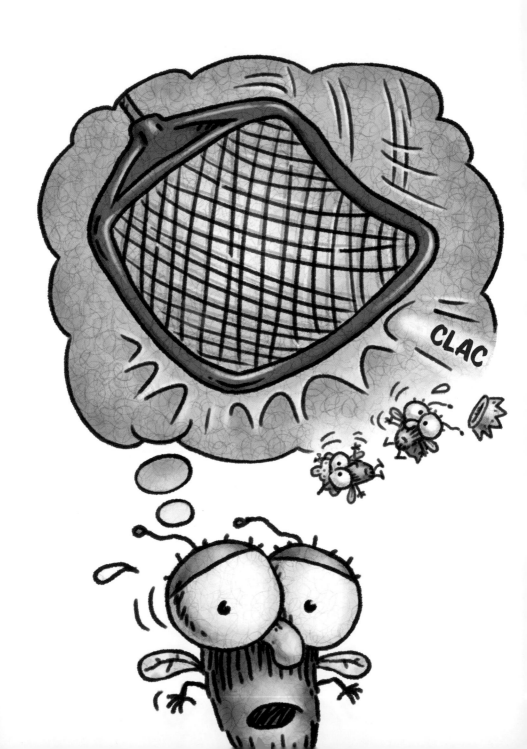

La princesse lui lance
sa couronne à la tête.

La couronne frappe le
géant sur le nez.

Le géant tombe.

Il s'enfuit à toutes jambes.

Le prince et la princesse
volent jusqu'à la maison.

Ils fabriquent des
couronnes assorties.

Et ils vécurent heureux...

pour toujours.

Fin!

J'aime mon conte de fées.
On en écrit un autre?

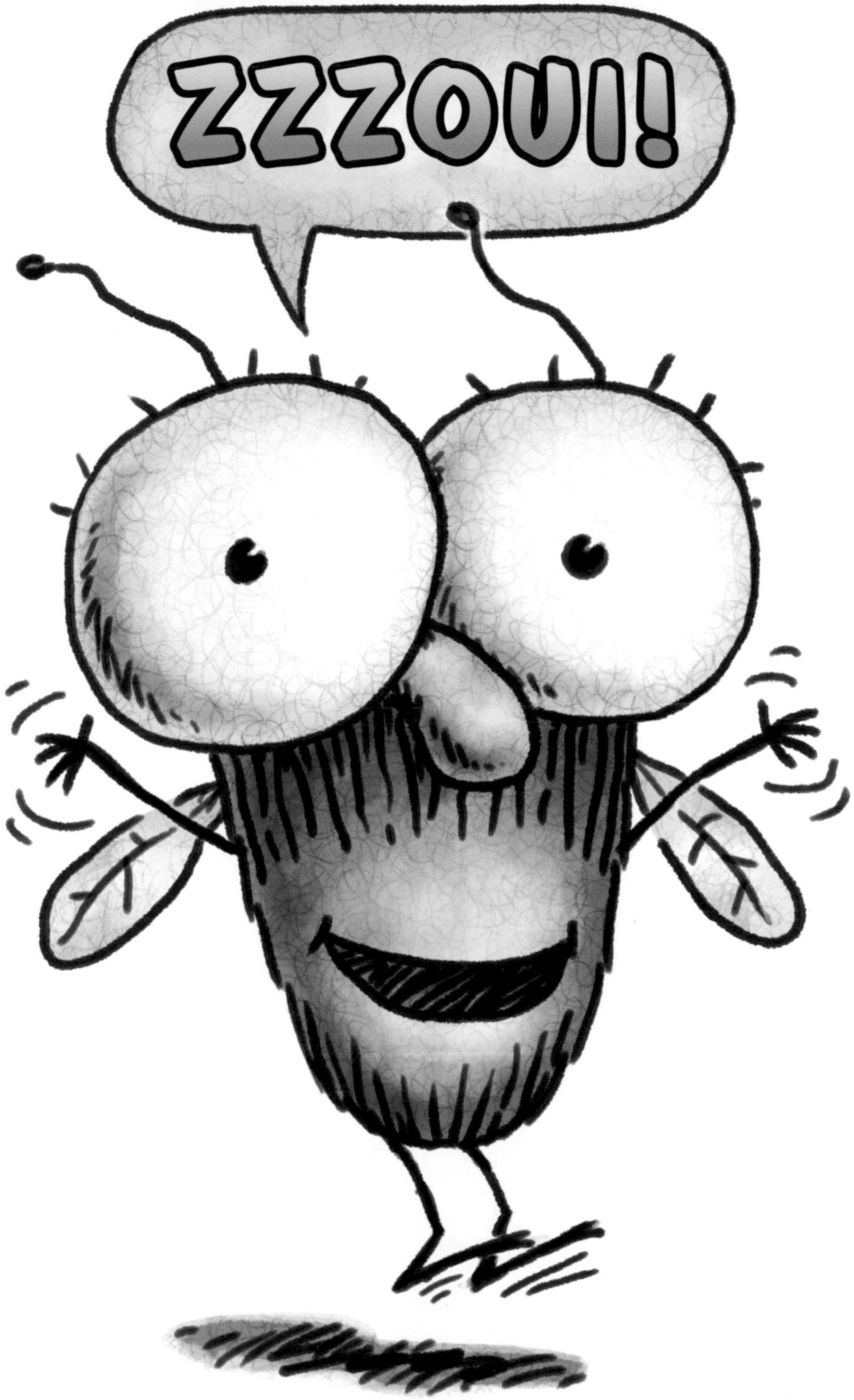
ZZZOUI!

Bon. Il était une fois
un nain poilu... »